Un étrange Nobel

Olivier Jochem

Un étrange Nobel

Éditions Slatkine
GENÈVE
2025

Les Éditions Slatkine bénéficient d'un soutien
de l'Office fédéral de la culture
pour les années 2021-2025.

www.slatkine.com

ISBN 978-2-8321-1367-7

À mes proches

« Branche tordue fendue,
Qui pend déjà d'année en année,
Sèche, elle grince dans le vent sa chanson,
Sans feuilles, sans écorce,
Blême et nue, fatiguée de vivre trop longtemps,
D'une trop longue agonie.
Sa chanson sonne dur, et endure,
Sonne obstinément, sonne un secret effroi,
Encore un été,
Encore un hiver entier. »

Hermann Hesse,
Grincement d'une branche tordue, 1962

Préfargier, canton de Neuchâtel, lundi 18 novembre 1946

– Comment m'ont-ils trouvé ?

Le vieil écrivain reste un instant debout devant la fenêtre de sa chambre. À travers la brume matinale, des silhouettes vont et viennent dans le parc. Il ne dort plus depuis des jours. Le regard absent, il attend son ami Otto.

Otto Riggenbach, psychiatre et directeur de cette maison de soins depuis 1936, l'a invité à venir se reposer ici.

Comme chaque matin, il fait la tournée de ses patients, avec son éternel costume noir et ses lunettes rouge écarlate posées sur le front. Les portes claquent à son passage.

– Bonjour, Otto. Ce sont bien des journalistes qui sont arrivés ce matin ?

– Oui, ceux-là ont manifestement réussi à savoir où tu te cachais. De vrais détectives !

Hermann Hesse soupire.

– Pouvons-nous gagner encore quelques heures?

– Ce ne sera pas facile, répond Otto, hésitant, mais nous devrions y arriver.

Hesse saisit son vieux manteau, sa canne de marche et son chapeau à large bord pour effectuer sa promenade matinale.

De grande taille, le visage émacié et plutôt sévère, il se dégage de lui une allure monacale.

– Ninon doit arriver vers midi en provenance du Tessin. J'ai un peu de temps devant moi, précise-t-il.

Il lève les yeux au ciel, craignant qu'il n'y ait de l'orage. La pluie raye le paysage, forçant à la vigilance sur le chemin en direction du lac. En contrebas, le terrain sablonneux rend la marche plus confortable.

Peu de gens fréquentent cette rive difficile d'accès, jonchée d'herbes folles.

Seul un jeune pêcheur y séjourne. Cela fait près de trois jours que l'écrivain remarque sa présence quotidienne. Il a pris le temps de l'observer en silence. Son rythme est lent, et le geste, élégant. Sa canne à pêche en bambou fouette le vent. Montée en trois morceaux, elle doit mesurer environ quatre mètres.

Ce matin-là, Hesse s'approche de lui. De fines traînées de pluie s'accumulent sur ses petites lunettes rondes. Le vieil homme tente de le questionner en allemand, mais s'aperçoit très vite qu'il est français.

Il s'essaye alors à quelques mots dans la langue de Voltaire.

– Pourquoi un jeune comme toi n'est-il pas en classe à cette heure-ci ?

Ce dernier lui répond d'un air malicieux :

– Je poursuis un programme scolaire à distance, uniquement l'après-midi.

– Je comprends mieux, souligne Hesse.

La conversation continue sur la pratique de la pêche dans le lac de Neuchâtel.

– Je traque principalement l'omble chevalier. C'est un poisson délicieux, proche de la truite, très vigoureux dans l'eau une fois ferré.

– Accepterais-tu que je vienne pêcher à tes côtés ces prochains jours ?

– Pourquoi pas ? J'apporterai une deuxième canne.

Hesse donne rendez-vous au jeune pêcheur le lendemain et reprend le même chemin qu'à l'aller pour retourner vers sa villa située à l'arrière de la maison de soins.

Il s'entête à allumer une cigarette mouillée par la pluie.

Impossible de reprendre la boucle habituelle et d'entrer par l'escalier principal. Il enfonce son chapeau sous ses sourcils pour ne pas se faire remarquer.

Sur le trajet, il aperçoit Ninon qui s'extirpe d'un taxi en provenance de la gare de Neuchâtel.

Il est marié depuis une quinzaine d'années à cette femme souriante et discrète, historienne de l'art. Hermann ne croit plus trop en cette institution qu'est le mariage, notamment après ses deux premières unions qui furent des échecs. Mais cette troisième fois est peut-être la bonne !

Il l'embrasse chaleureusement, lui si peu enclin aux marques d'affection.

Ninon cache son visage dans le refuge de ses bras.

– J'avais hâte de te rejoindre, Hermann, murmure-t-elle.

Hesse s'impatiente.

– Viens, dépêchons-nous de rentrer pour éviter les journalistes. C'est ici que je loge, un peu à l'écart du bâtiment principal.

Ninon n'a pas accompagné son mari dans cet établissement de psychiatrie réputé, car il veut vivre seul ce moment de retrait.

Elle respecte pleinement la volonté d'Hermann, connaissant ses variations d'humeur souvent compliquées à vivre pour son entourage. Elle sait que son mari a écrit au Dr Otto Riggenbach pour lui énumérer les troubles affectant son équilibre psychique.

Durant toute sa vie, Hesse a éprouvé le besoin de se retirer à intervalles réguliers dans ce type d'endroits pour soigner sa mélancolie. Il aime de temps à autre réduire ses contacts au strict minimum. La solitude est pour lui une seconde langue, et le besoin d'espace, une exigence.

L'homme apprécie tout particulièrement ce lieu fondé en 1849 par un entrepreneur philanthrope soucieux de créer un espace de liberté pour tous ceux qui souffrent des maux de l'esprit.

Il se sent protégé dans l'annexe de cette maison de santé de Préfargier, non loin de Neuchâtel.

Ici, il réside comme un hôte parmi les patients, appartenant quelque part à une même communauté. Il n'est pas question de Hesse l'écrivain, mais simplement de Hermann. Personne ne s'intéresse à la vie des autres hors du centre. Les discussions portent surtout sur les activités quotidiennes : le temps, les soins, les promenades, les repas... Celles qui passionnent le plus concernent les nouvelles entrées, les visites, et les préparatifs des sorties, qui ne se passent jamais dans l'indifférence.

Ninon sanglote.

– Ces derniers jours ont été compliqués pour moi. À part tes enfants et tes amis les plus proches, personne ne savait, au moment de l'annonce de ton prix jeudi dernier à la radio, que tu te trouvais ici. Le téléphone n'a pas arrêté de sonner.

Elle ajoute :

– Je voulais surtout t'apporter les télégrammes et les premières lettres de félicitations reçus à la maison, ainsi que ton lot habituel de correspondance de lecteurs.

– Du travail en perspective ! rétorque Hesse.

Ninon retrouve le sourire, assise sur le lit d'Hermann.

Elle sait que son mari se fait un devoir de répondre systématiquement à toutes les lettres qu'il reçoit du monde entier, même si une partie d'entre elles l'agace prodigieusement. Ses lecteurs ne comprennent pas toujours la profondeur de son œuvre.

Épistolier hors normes, il a écrit de sa plume des milliers de lettres.

– Hermann, et si nous fêtions ton prix ce midi ?

Hesse s'apprête à répondre quand quelqu'un frappe à la porte.

– Ça y est, ils nous ont localisés ! s'écrit-il.

– C'est moi, Otto, entendent-ils à l'extérieur.

Il ouvre la porte et a l'immense joie d'apercevoir son ami Otto Brasler.

– J'arrive tout droit de Burg, à quelques cantons d'ici.

Hermann apprécie énormément ce jeune professeur de philologie de l'Université Louis-et-Maximilien de Munich.

Un quart d'heure plus tard, Max Wassmer vient se joindre à eux, brandissant deux belles bouteilles de Riesling Sekt de la maison Fürst von Metternich. Max, mécène et collectionneur, ami de Hesse depuis la Première Guerre mondiale, est propriétaire du château de Bremgarten, près de Berne.

La surprise est totale.

Ninon est enchantée : elle a réussi, en dernière minute, à réunir pour l'occasion deux des amis d'Hermann les plus chers.

Otto en profite pour emmener Max à la recherche de quelques verres pour trinquer. L'occasion aussi d'échanger sur le moment particulier que vit leur ami.

Hesse enfile de son côté son costume gris trois pièces qui sied à ce genre de circonstances.

Max et Otto reviennent peu de temps après et plaisantent sur le fait que des journalistes ont planté leur tente dans la cour.

– Je me sens traqué et assiégé, c'est presque traumatisant ! s'exclame Hesse.

– Un peu comme ton loup des steppes ! sourit Max pour détendre l'atmosphère.

– Il faut que tu relativises, mon cher Hermann. Sache que beaucoup d'écrivains aimeraient être à ta place, enchaîne Otto, un peu perplexe.

– J'en conviens ! J'imagine d'ailleurs la tête d'Alfred Döblin, lui qui m'a si souvent critiqué et a même osé parler, à propos de mes écrits, d'une « ennuyeuse limonade », ironise Hesse.

Ninon, Otto et Max trinquent à la santé du lauréat.

– À ton prix, Hermann. Félicitations !

– Vous voulez parler du Prix Goethe, qui m'a été attribué au mois d'août dernier par la Ville de Francfort ? s'esclaffe Hesse.

Tout le monde est pris d'un long fou rire.

– Je me serais bien contenté de ce prix-là, précise le vieil écrivain. Je vais bientôt avoir septante ans, et cette reconnaissance aurait été largement suffisante. C'est le prix littéraire le plus important d'Allemagne tout de même. L'autre, en revanche…

Max l'interrompt :

– L'autre quoi, tu n'y avais vraiment jamais pensé ?

– J'avoue que non, assure Hesse. Au début du printemps, la rumeur a commencé à courir que je pourrais être pressenti pour le recevoir, mais je n'y ai jamais vraiment cru. Thomas Mann a été lauréat en 1929 et a commencé à leur parler de moi en 1931. Je lui disais à l'époque que je le remerciais pour son amitié fidèle depuis notre rencontre en 1904 à Munich chez des amis communs, les Fischer, mais qu'il perdait son temps.

Son ami le directeur frappe à la porte et se joint à eux.

La conversation dérive sur l'histoire de cette belle maison de Préfargier.

– La Suisse recense de nombreux sanatoriums et centres de santé similaires à celui décrit par votre ami Thomas Mann dans son roman *La Montagne magique*.

– Me voilà rassuré, mon cher ami, sinon j'aurais été obligé de retourner à Baden-Baden.

– Le lieu de ta première cure, c'est bien cela ?

– Oui, pour soigner une sciatique horriblement douloureuse à l'époque. J'avais eu le temps d'y écrire *Le curiste*, ce qui ne sera manifestement pas possible ici ! Et, depuis, je m'y rends presque tous les ans au début de l'automne.

– Désolé, mon cher, nous pensions aussi poursuivre au centre nos activités paisiblement. Ce genre d'événements n'arrive que rarement par ici. Nous recevons régulièrement des personnes connues, mais ces dernières tiennent toujours à une absolue discrétion. Dans leur vie quotidienne, il n'est jamais bien vu de dévoiler faiblesses et fêlures. « Vivons heureux, vivons cachés », comme le dit l'adage.

– Je comprends parfaitement, approuve Hesse. Notre vie est un flot ininterrompu de hauts et de bas, de déclins et de renouveaux, de destructions et de renaissances.

– Vers quelle heure souhaites-tu rencontrer les journalistes ? demande le directeur.

– Le plus rapidement possible, pour en être débarrassé, indique Hesse, mais dis-leur bien que ce sera court et informel : une brève déclaration et deux ou trois questions.

Compte tenu des circonstances, Hesse n'a préparé aucun discours. Il se met à rédiger à la hâte quelques lignes sur un bout de papier.

Un peu avant l'heure dite, l'angoisse le terrasse.

– Je veux simplement qu'on me laisse en paix. Pourquoi de telles nouvelles arrivent toujours à des moments où on ne les souhaite pas ?

Hesse se méfie des journalistes.

Il réfléchit à la meilleure attitude à adopter. Il ne peut pas être totalement indifférent face à une telle reconnaissance, ce serait le pire des mépris. Il s'est par ailleurs toujours appliqué la règle de ne jamais triompher. Et la vanité équivaut pour lui à une petitesse.

Ninon se rapproche de lui pour le conforter et le rassurer. Elle lui prend tendrement le bras, puis ils se dirigent vers le bâtiment principal. Otto et Max attendent déjà sur place.

Le directeur les oriente vers un endroit étonnant où se trouve un billard.

– C'est la plus grande pièce de la maison. Elle permet de loger tout le monde.

Le vieux billard français est majestueux. Il mesure plus de quatre mètres de long. Sur les côtés, de longs canapés élimés accueillent les joueurs et leurs spectateurs. Cet espace sert également de lieu de discussion entre patients et parfois même de lieu de consultation avec les psychiatres. Quelques statues en bronze posées sur de larges cheminées, ainsi que plusieurs tableaux de maîtres, contrastent avec l'aspect plutôt fonctionnel du centre.

Hermann, si réservé, se dit intérieurement qu'il n'est définitivement pas fait pour la notoriété publique.

Les journalistes demandent à Ninon de s'écarter légèrement de son mari pour le prendre en photo.

Après un moment qui lui paraît très long, il se place au fond de la salle face à une trentaine de personnes. Dans sa vie, il n'a que très peu fréquenté les journalistes, mais il connaît l'importance de chaque mot prononcé.

Ninon, Otto et Max restent non loin de lui.

La pluie du matin a cessé. Un rayon de soleil oblique, rare en novembre, vient même éclairer la pièce.

Hesse regarde l'assemblée silencieuse, puis prend la parole en allemand :

– Je suis honoré de me voir récompensé par l'Académie de Suède. Mais, pour être honnête, je ne l'attendais pas, ou plus. Cela arrive trop tard dans ma vie pour que j'en éprouve un vrai plaisir. Je m'interroge par ailleurs sur la légitimité de mes mérites, à l'heure où d'autres écrivains ont tant souffert pendant la guerre. Et je pensais qu'après la période tragique que nous venons de vivre, ce tumulte dévastateur, la langue allemande ne serait pas récompensée de sitôt.

Les journalistes prennent bonne note de ses propos. Ceux qui parlent bien l'anglais, le français ou le suédois les traduisent aux autres. Après avoir longuement patienté ensemble, ils ont appris à se connaître un peu.

Hesse reprend, d'une voix plus assurée :

– Je suis maintenant disposé à répondre à deux ou trois questions si vous le souhaitez, mais pas plus.

Les mains s'agitent.

– Au-delà de votre œuvre, lequel de vos livres a, selon vous, le plus marqué le jury ? demande une journaliste de la radio de Genève.

– J'ai cru comprendre que *Le jeu des perles de verre*, publié il y a trois ans, ici en Suisse, a été déterminant dans le choix de l'Académie. Pour ceux qui ne l'ont pas encore lu, et qui auront le courage de le lire... cet ouvrage décrit une province imaginaire, un monde utopique, la Castalie, où la valeur suprême est la recherche, sous forme de jeu, d'une connaissance universelle englobant toute forme de pensée.

– Irez-vous à Stockholm en décembre pour la cérémonie ? demande à son tour le correspondant local d'un journal suédois.

– Je ne sais pas encore, il faut que j'y réfléchisse, déclare Hesse.

L'écrivain baisse la tête. Il semble gêné de ne pas être plus affirmatif. Il sait probablement déjà au fond de lui quelle pourrait être sa réponse...

– Thomas Mann a-t-il pris contact avec vous ?

– Il m'a appelé le jeudi 14 novembre, jour de l'annonce. Mais je suis certain qu'il aura bénéficié d'informations me concernant avant tout le monde...

– Et que vous a-t-il dit ? lance quelqu'un du fond de la salle.

– Il m'a parlé de cette génération incroyable d'écrivains de langue allemande dont nous faisons partie, lui et moi, avec notamment Musil, Kafka, Zweig ou Rilke, et de la longue lignée d'auteurs à laquelle nous succédons, de Hölderlin à Heine, en passant par Goethe ou Novalis. Il a aussi évoqué l'aspect « incommensurable » selon lui du *Jeu des perles de verre* à l'instar du *Faust* de Goethe. Il m'a enfin informé qu'il travaillait à une conférence qu'il allait présenter à Bâle à la fin du premier semestre de l'année prochaine intitulée « La philosophie de Nietzsche à la lumière de notre expérience ».

– Et Peter Suhrkamp, vous a-t-il appelé aussi ?

– Oui, bien sûr, répond Hesse, le même jour que Thomas Mann.

Son très cher et vieil ami Peter Suhrkamp est le directeur depuis 1936 de la maison d'édition allemande S. Fisher Verlag, fondée en 1886, qui le publia.

– Je lui ai rappelé que c'est grâce à lui si j'ai obtenu ce prix, indique Hesse. Je n'ai pas oublié qu'il a eu le courage de venir en personne à Bâle m'apporter, en pleine guerre, le manuscrit *Le jeu des perles de verre* après que la Chambre de la littérature du Reich a interdit son impression en Allemagne, et qu'il a été d'accord pour que je signe avec l'éditeur Fretz & Wasmuth Verlag de Zurich. Je sais que ce fut douloureux pour lui, car il m'a accompagné tout au long de la rédaction de cet ouvrage, qui a duré onze ans. De son côté, Peter m'a informé que le livre serait enfin publié dans quelques semaines en Allemagne et qu'il en éprouve un profond bonheur.

Les deux hommes se ressemblent : une indépendance d'esprit, un besoin de liberté, mais paradoxalement aussi d'ordre et de morale. Ils ont l'un pour l'autre une grande estime et beaucoup d'amour fraternel. Peter Suhrkamp a souffert en prison et en camp de concentration, dont il a réussi à s'échapper par miracle, mais sa santé s'y est fortement dégradée.

– Selon le testament d'Alfred Nobel, ce prix récompense un écrivain qui, grâce à son œuvre a fait, je cite, preuve d'un « puissant idéal ». Or, j'ai un peu de mal à le cerner... interroge à son tour un journaliste allemand.

Hesse fronce les sourcils. Il n'apprécie guère le ton de la question. Il sait qu'il reste critiqué par beaucoup de ses compatriotes allemands, notamment à la suite de la rédaction d'un article paru dans la *Neue Zürcher Zeitung* le 3 novembre 1914, intitulé *Mes frères, cessons nos plaintes*. Il appelait alors les intellectuels allemands à ne pas se perdre dans une polémique nationaliste.

– Manifestement, le jury de l'Académie de Stockholm a eu plus d'imagination que vous, déclare Hesse.

Des rires se font entendre dans la pièce.

L'orateur réfléchit quelques instants, puis tente une explication.

– Mon idéal, je crois, consiste en la recherche d'une forme d'unité cachée entre l'univers et l'esprit humain, une unité qui passe par un chemin vers soi-même, une quête de sens, une progression individuelle... mais ces concepts vous dépassent certainement !

Agacé, il enchaîne rapidement :

– Une autre question ?

– Avez-vous connu l'écrivain suisse Carl Spitteler, monsieur Hesse ?

– Je le connais de nom, mais n'ai pas eu la chance de le rencontrer. Il me semble qu'il a obtenu le Prix Nobel de littérature dans les années vingt. Je ne me souviens plus de l'année exacte. Il écrivait principalement des poèmes, je crois, mais difficile d'en citer un de mémoire.

Hermann Hesse devine que la question lui est posée parce que, bien que né et ayant vécu à Calw dans le Land de Bade-Wurtemberg en Allemagne, il a été ensuite naturalisé suisse en 1924. Il comprend qu'il devient ainsi le second Prix Nobel de littérature helvétique. Hesse est vexé de n'avoir pu répondre plus précisément à la question, lui qui a passé sa vie à lire et à rédiger des critiques de livres.

– Une dernière question? lance-t-il alors pour clore le débat.

– Quel personnage historique vous inspire le plus?

Hesse reste un instant songeur.

– Certainement saint François d'Assise, auquel j'ai consacré un récit il y a quelques années. Il a vécu une relation fraternelle avec tous, respectueux de chacun, n'exerçant aucun pouvoir sur personne et ne faisant pas de différence entre le riche et le pauvre, entre le fort et le faible. Après le sombre XIIIe siècle ravagé par les guerres et les épidémies, il a opéré un renversement de perspective qui a annoncé la Renaissance. Son *Cantique des créatures* a inauguré une grande lignée de poètes lyriques, à commencer par Dante qui a écrit à propos de saint François d'Assise « qu'un soleil nous est né ». Il a tracé un chemin de vraie vie possible.

Soudain, du fond de la salle, une petite voix se fait entendre. Une jeune journaliste se lance dans un allemand un peu hésitant:

– Et si l'on reste dans le même esprit, quel livre vous a le plus marqué?

– Difficile de choisir, chère mademoiselle, tant ils sont nombreux. Je vous renvoie bien sûr à ma *Bibliothèque universelle*!

Après un moment d'hésitation, il répond tout de même:

– Si je devais n'en citer qu'un, ce serait probablement *L'Épopée de Gilgamesh*, un trésor intemporel d'humanité.

Hesse remercie tous les participants.

– Tu vois, ça s'est bien passé, chuchote Ninon à son oreille.

– J'espère maintenant pouvoir poursuivre mon séjour plus paisiblement.

– Pas certain, soulignent en chœur Otto et Max. Tu recevras certainement d'autres visites et sollicitations.

En fin d'après-midi, les deux compères prennent congé. Ils sont comblés d'avoir vécu ce moment intense auprès de leur ami qu'ils savent si fragile.

La journée s'achève.

Hermann est heureux de passer la soirée auprès de Ninon.

Préfargier, mardi 19 novembre 1946

Hesse souffle sur son café brûlant.

Il a passé une partie de sa nuit à écrire puis à tuer le temps en fumant des cigarettes, en écoutant la complainte de la pluie et en parcourant quelques pages du poète Mörike.

Il lui semble entendre partout prononcer le mot « Nobel ».

Quelques journaux locaux ont été déposés sur sa table de petit déjeuner. Certains publient déjà un article le concernant.

Il feuillette rapidement les pages.

– Les photos sont belles, mais mon sourire est un peu figé.

– Sur certaines, je me vois en arrière-plan avec Otto et Max, précise Ninon. Nous allons conserver ces exemplaires et essayer de nous procurer ceux provenant de l'étranger.

– Mes fils Bruno, Martin et Heiner hériteront de ces paperasses, s'amuse Hermann.

Le nouveau Nobel remarque que plusieurs articles reviennent notamment sur deux réponses à des questions posées : celle relative au livre qui fut à l'origine du choix du jury, et celle relative à sa venue en Suède, en décembre.

– Pour la première, le choix ne m'appartient pas. Il revient à l'Académie d'en parler. Reste ma décision, marmonne-t-il.

La nuit n'a manifestement pas porté conseil…

Après avoir serré quelques mains, Hesse retourne à sa villa afin de se préparer à accompagner sa femme à la gare.

Une voiture les attend, sous un ciel pâle.

Un large sourire aux lèvres, leur ami le directeur, accoudé à la réception, les interpelle.

– Ne t'inquiète pas, Ninon, nous allons prendre bien soin de ton Hermann.

– Quel jour sommes-nous ? demande ce dernier. Avec tout cela, j'ai perdu la notion du temps !

Elle pose délicatement sa main sur son avant-bras.

– Nous sommes mardi, mon chéri. J'ai déjà hâte de te retrouver à la maison dimanche.

Un peu plus tard dans la matinée, Hesse regarde partir le train avec un sentiment particulier de tristesse mêlée au plaisir coupable de retrouver sa chère solitude.

Il peut maintenant reprendre ses habitudes et se rendre au lac.

Il décide d'attraper un des nombreux tramways de la ville, que l'on reconnaît facilement à leur couleur jaune. Il s'assoit entre les écoliers, nombreux à cette heure-là. Sur la route, il aperçoit le majestueux château de Neuchâtel.

Quand il arrive au bord de l'eau, la brume matinale ne s'est pas totalement dissipée.

Le lac semble encore somnoler.

Il distingue la silhouette du pêcheur au loin, avec sa grande besace sur le dos et ses cannes à pêche solidement arrimées à sa bicyclette.

Il faut maintenant déballer le matériel et s'installer.

Hesse profite de ce moment pour se livrer un peu :

– Je passe mes journées en compagnie des livres. Ils ont toujours été très présents dans ma vie. Je ne peux pas vivre sans eux, mais j'ai l'impression qu'ils me dévorent à petit feu, à en devenir parfois même un peu détraqué. Je m'évade habituellement en peignant des aquarelles et en travaillant mon jardin. Et je me dis aujourd'hui que la pêche pourrait être également une bonne occupation pour me vider la tête ; tout simplement surveiller le bouchon flotter paisiblement sur l'eau...

Le jeune pêcheur l'écoute en silence, un peu étonné, puis l'interroge :

– Je comprends, vous êtes professeur alors ?

– Pas tout à fait, répond Hesse, j'écris des livres. Et toi ? Pourquoi un jeune Français se trouve-t-il dans le canton de Neuchâtel ? ajoute-t-il.

– Je suis arrivé ici avec mes parents, il y a quatre ans, en provenance du Sud-Ouest de la

France. Mon père enseignait à la Faculté des lettres de Bordeaux. La guerre et l'Occupation ont mis fin à ses fonctions. Il a décidé de s'exiler ici avec ma mère, mes frères et mes sœurs. Symboliquement, il a choisi de partir un 14 juillet ! Cela s'est passé en 1942. Je m'en souviens comme si c'était hier.

– Passer en Suisse n'a pas dû être facile.

– Non, effectivement. Notre père nous disait tout le temps que les chances d'être admis dans ce pays ressemblaient à une loterie. Il nous parlait d'un coût élevé, car la fuite était dangereuse compte tenu des risques d'arrestation sur la route.

La curiosité de Hesse s'accroît.

– Ton père est certainement quelqu'un de pas ordinaire.

– Oui, assurément. À vrai dire, il m'intimide un peu. Cela explique peut-être pourquoi j'ai besoin de venir régulièrement pêcher ici pour retrouver un peu de liberté, plaisante-t-il.

– Je te comprends. Dans ma jeunesse, je me suis moi-même enfui du séminaire de Maulbronn où mes parents m'avaient placé dans l'idée de faire de moi un théologien. J'avais un peu de mal à vivre avec eux. J'ai aussi arrêté mes études à un certain moment pour travailler comme apprenti horloger, puis libraire. Mais, au fond de moi, je voulais être poète, rien que poète. J'ai d'ailleurs écrit un livre, *L'ornière*, qui raconte les péripéties de mon enfance et de mon adolescence. Si cela t'intéresse, je te conseille aussi un autre de mes livres, *Demian*. C'est l'histoire d'un jeune comme toi, dénommé Sinclair, qui voit son enfance et son adolescence influencées par un certain Demian, un peu plus âgé que lui. Mais dans un sens positif afin de réfléchir sur lui-même et sur la manière de se forger sa propre personnalité. En grandissant, il sera confronté au regard des adultes et apprendra à se laisser guider par son intuition face aux événements de la vie. *Demian*, en grec ancien, signifie « la petite voix intérieure ». C'est un peu celle d'un grand frère qui t'aidera et te guidera lorsque tu te sentiras perdu, indique-t-il.

– Intrigant, réagit le jeune pêcheur.

L'heure du repas approchant, les deux hommes décident de mettre fin à leur partie de pêche.

Quelques brèmes frétillent dans la besace, mais pas d'omble chevalier.

Hermann explique au jeune pêcheur qu'il séjourne à la maison de repos de Préfargier et qu'il y est attendu pour le déjeuner.

Ce dernier s'esclaffe :

– Ah ! la maison des fous ! Un endroit très connu dans la région. Vous êtes donc fou, vous aussi ?

– Probablement, comme beaucoup. Un peu de folie favorise souvent la créativité. C'est important pour quelqu'un comme moi qui écrit des livres.

Hermann hésite à lui parler de la relation entre créativité et santé mentale chez des auteurs comme Nietzsche, Hölderlin ou Rilke... mais n'a plus le temps, et son interlocuteur est certainement encore trop jeune pour comprendre.

Il rend sa canne au pêcheur, et chacun repart en sens opposé.

Cette fois-ci, Hesse passe par l'entrée principale de la maison de soins.

Il s'arrête pour admirer la magnifique horloge nichée au troisième étage de la façade.

Il se dit qu'ici le temps semble parfois ralentir. Une temporalité surtout dictée par les visites des infirmières et des psychiatres, ainsi que par les pilules à avaler impérativement à certaines heures de la journée.

Hesse rejoint son ami le directeur dans la salle à manger.

Les deux amis déjeunent paisiblement dans un petit renfoncement de la salle réservé aux médecins.

L'après-midi, Hesse a envie d'écrire. Il repère un confortable fauteuil en cuir dans le salon qui jouxte le billard et s'empresse de retourner à sa villa chercher son carnet de notes. Il a le sentiment de négliger son journal depuis quelques jours.

En sortant dans la cour, il entend prononcer son nom :

– Monsieur Hesse, monsieur Hesse... pouvons-nous vous entretenir un instant ?

– Bonjour, êtes-vous journalistes ? interroge-t-il.

– Non, nous sommes tous trois professeurs à l'Université de Neuchâtel. Nous venons vous féliciter, car nous admirons votre œuvre.

– J'en suis touché, répond le nouveau Prix Nobel de littérature. Parlez-moi un peu de votre université.

Le professeur le plus âgé déclare :

– Je m'appelle Maurice Neeser et suis, pour la deuxième fois, le recteur de cette université. Elle a été fondée en 1838 et ne compte que quelques centaines d'étudiants, mais nous nous y sentons très bien. Elle se trouve dans le centre-ville, à quelques dizaines de mètres du lac, et son architecture ressemble étrangement à cet endroit.

Le petit groupe s'installe sur des bancs dans un coin du parc pour poursuivre la discussion. Le profil du recteur, professeur de théologie et pasteur, intéresse beaucoup Hesse, lui-même issu d'une famille de missionnaires protestants de tendance piétiste. Ils passent une bonne heure à converser.

Après les avoir quittés, Hesse se rend, comme il l'a prévu, dans le salon du centre de psychiatrie. Malheureusement le fauteuil qu'il a repéré est occupé. Il doit en choisir un autre, un peu plus central.

Il y a foule à cette heure. Quelques gâteaux briochés sont offerts par la direction pour accompagner le café ou le thé. L'après-midi paraît parfois très longue à certains patients, et cette pause permet de séquencer un peu le temps jusqu'au dîner.

– Voulez-vous vous joindre à nous ? proposent plusieurs pensionnaires.

– C'est gentil, répond Hesse, mais j'aimerais écrire un peu.

Le vieil écrivain apprécie le geste. Il est sensible à la bienveillance des patients. Tous ont des égards les uns pour les autres. Ils ne se croisent jamais dans l'indifférence.

Hesse souhaite décrire la région dans laquelle il se trouve, mais il n'arrive à se concentrer que quelques dizaines de minutes à chaque fois. Son regard se porte inévitablement sur le ballet des patients dans le salon. Certains arrivent discrètement, d'autres en terrain conquis. Certains ne font que passer, impatients d'aller se promener dans le parc, de fumer une cigarette ou de remonter dans leur chambre, un café à la main. D'autres se posent là pour plusieurs heures.

Tout le monde s'occupe calmement, hormis une jeune fille qui devient par instants agressive avec certaines personnes qu'elle prend en grippe, sans aucune raison.

Hesse se tourne vers une infirmière, l'air un peu inquiet.

– De quelle pathologie est-elle atteinte ?

– Elle souffre d'une forme sévère de schizophrénie et ne devrait normalement pas rester dans ce centre. Elle voit des visages démoniaques partout ! D'autres lieux plus adaptés lui conviendront mieux. Le directeur est en train de s'en occuper.

Cette nouvelle soulage l'assistance.

Hesse se remet à écrire. Il décrit les arbres du parc aux formes qu'il trouve étonnantes, voisins de l'if ou du cyprès.

Non loin de là, une horloge égrène les heures.

En fin d'après-midi, il retourne à sa villa et reçoit quelques appels d'amis qui ont pris connaissance d'articles publiés à la suite de la conférence de presse improvisée.

Il converse notamment avec Hans Bodmer et sa femme Elsy, qui ont eu la générosité il y a quelques années de mettre à sa disposition la maison de Montagnola, séparée en deux domaines : le sien, sombre et studieux, et celui de Ninon, lumineux et plein de vie, avec deux entrées séparées et une porte les reliant.

Il échange par ailleurs avec Hermann Broch pour le remercier de l'envoi de son livre, *La mort de Virgile*, accompagné d'un petit mot de félicitations dans la dédicace. Ce dernier, après avoir été arrêté et emprisonné en 1938 en Autriche, a réussi à être libéré grâce à son ami James Joyce et à émigrer aux États-Unis.

Enfin, Peter Suhrkamp le rappelle. Hesse n'échappe pas à l'inévitable question :

– Iras-tu à Stockholm recevoir ton prix ?

Hermann répond d'un ton hésitant :

– Je ne sais toujours pas, mon très cher Peter. Cette question me taraude à chaque instant. Mon éditeur suisse m'a bien évidemment interrogé lui aussi.

– Je reconnais bien là ton anticonformisme légendaire, plaisante Peter. Si tu te résous à y aller, préviens-moi suffisamment tôt, que je puisse organiser mon voyage et repasser mon smoking ou ma queue-de-pie !

– Promis, s'amuse Hesse, c'est une question de jours.

Après ces appels, Hermann décide de consacrer un peu de temps à la lecture du courrier abondant que lui a apporté Ninon. Il n'a pas encore eu le temps d'en prendre connaissance.

Ces derniers mois, ses réponses se font de plus en plus courtes. L'écrivain commence souvent celles-ci en indiquant qu'elles émanent d'un vieillard malade, fatigué et surchargé. Il se plaint de ses rhumatismes dans les mains et de ses douleurs aux yeux. Il se dit parfois que, pour venir à bout de sa correspondance, il lui faudrait une secrétaire. Mais sa vie n'est pas organisée en ce sens.

Il commence par parcourir les nombreux télégrammes de félicitations réceptionnés par Ninon à la poste de Montagnola le vendredi et le samedi suivant l'annonce de son prix.

Hermann Hesse reconnaît avec joie certains noms d'expéditeurs : Peter Weiss, le jeune écrivain et peintre avec lequel il correspond beaucoup ; Kuno Fiedler, théologien et pasteur luthérien ; son fils Martin, le photographe ; sa nièce Lene Gundbert ; Will Eisenmann, compositeur de trois opéras et d'un recueil de mélodies basé sur certains de ses poèmes ; Louis Moilliet, peintre expressionniste et ami de longue date ; Max Frisch, jeune auteur prometteur ; ou encore

Bertolt Brecht, qu'il a rencontré entre les deux guerres.

Il choisit ensuite de lire quelques lettres de lecteurs.

L'une d'entre elles, prise au hasard, parle du *Loup des steppes* et de sa référence aux « immortels ». Ce roman publié en 1927 est tellement personnel qu'il se sent presque à chaque fois intimement touché par les commentaires le concernant, même à près de septante ans.

Tout comme son héros Harry Haller (HH...), Hermann Hesse déteste la vie médiocre, terne, futile et stérile du monde bourgeois qui l'entoure. Un monde qui ramène tout à sa petite personne sans s'ouvrir à quelque chose de plus grand. Un monde d'une grande pauvreté spirituelle, sans aspirations, sans élévation d'âme, contrairement à quelques grands hommes qui vivent dans un monde intemporel et dont on se souviendra même après des décennies, des siècles ou des millénaires.

Il se remémore un passage de son livre : « Ah ! qu'il est donc difficile de retrouver cette trace divine au milieu de la vie que nous vivons... »

À l'instar de son loup des steppes, le vieil écrivain se sent un peu comme un animal égaré dans un monde de plus en plus étranger et incompréhensible. Il vit reclus, mais ne coupe pas totalement les ponts, malgré la détestation de son temps et de la compagnie des autres. Il se laisse tout de même guider par les femmes, à l'instar d'Hermine dans son roman, sorte de miroir féminin de lui-même, qui l'initie aux bonheurs de la vie. Il convient qu'il faut associer la gravité de l'esprit à la légèreté ou l'innocence et malheureusement participer un peu à cette comédie-là, au point de parfois se détester soi-même.

Puis il reprend le paquet de lettres en main.

Deux d'entre elles, l'une de couleur jaune pâle, l'autre bleu azur, attirent son attention.

Il ouvre la première, qui a été expédiée de Berne. La Ville lui propose de devenir docteur *honoris causa* de son université. Il va y réfléchir.

Il regarde ensuite attentivement la seconde. Hesse reconnaît immédiatement sa provenance au motif figurant sur le timbre: la Basler Münster, emblème de la ville de Bâle. Il retourne la lettre et constate qu'elle est envoyée par la librairie Helbing & Lichtenhahn. Il s'agit du nouveau nom de la librairie Reich où il a travaillé il y a presque cinquante ans et publié ses premiers poèmes.

Hesse se hâte de l'ouvrir. La librairie doit certainement le féliciter ou lui proposer une séance de dédicaces après l'obtention du Prix Nobel. Hélas, il comprend très vite que ce n'est pas l'objet.

Cette lettre porte le papier en-tête de la librairie, mais elle n'est pas signée. Elle fait état de l'intention de retirer de la vente tous les livres du vieil écrivain, au motif que ce dernier n'est pas digne de recevoir un Prix Nobel, lui si individualiste, si égoïste, si égocentrique, fuyant sans cesse ses congénères et se réfugiant lâchement derrière son abondante correspondance.

Hesse fait les cent pas dans sa chambre, ferme la porte à clé, puis se laisse choir sur le sol.

Il reste un long moment prostré. Il soupire, il gémit, il geint.

Une femme de service vient lui demander s'il veut dîner dans sa chambre, mais il lui indique d'un ton agressif qu'il ne souhaite pas ouvrir.

Il jette soudain sa pipe contre la porte.

La jeune femme va immédiatement prévenir le directeur, de peur que quelque chose de grave ne se produise.

Otto arrive devant la villa quelques instants plus tard.

Il frappe.

– Hermann, comment vas-tu ? Tu sais bien qu'il est interdit dans le centre de s'enfermer. Les chambres des patients n'ont d'ailleurs pas de serrure. Cette villa fait exception, mais ce n'est pas une raison pour ne pas respecter la règle.

Hesse ne répond pas tout de suite. Otto insiste.

– Allons, cher ami, ouvre, nous devons discuter. Tu me diras ce qui t'arrive.

Il entend bouger.

Puis la porte s'entrebâille de quelques centimètres.

Le directeur la pousse doucement et aperçoit son ami assis au sol, lui tournant le dos, fumant compulsivement une cigarette.

– Tu veux bien m'expliquer, Hermann ?

Sans prononcer un mot, ce dernier lui tend la lettre de Bâle.

Otto la lit attentivement.

– Eh bien, je comprends un peu mieux. Pourquoi t'en veulent-ils autant ?

– Aucune idée ! Je n'ai pas d'explication ! hurle Hesse.

Le directeur, attentif, écoute. Il a du mal à reconnaître son ami.

Au bout de plusieurs longues minutes, il finit par le convaincre de s'asseoir sur une chaise.

Hesse pose ses fines lunettes rondes et fixe son interlocuteur de ses yeux bleu métallique.

– Tout ce que je peux dire, c'est que cette lettre arrive à point nommé, puisque je dois me rendre demain à Bâle rencontrer mon fils Bruno. Je passerai à la librairie. Je veux savoir qui l'a écrite sans avoir le courage de la signer.

Le directeur reste encore un long moment en compagnie de Hesse, le temps de le savoir totalement calmé. Il lui fait apporter une soupe chaude et un verre de vin rouge.

Puis, rassuré, il prend congé et se retire dans la nuit noire de la cour intérieure.

Hesse, assommé, s'assoit à son bureau.

Il est pris d'un puissant besoin d'écrire.

Bâle, mercredi 20 novembre 1946

Hesse est réveillé à l'aube par le chant des oiseaux.

Il bâille.

Chaudement habillé, il quitte son pavillon pour rejoindre un chauffeur. Le rendez-vous est fixé devant la grande grille d'entrée.

Il entend au loin quelques coups de tonnerre.

Il est le premier client à l'ouverture du buffet de la gare de Neuchâtel et a le temps d'admirer les nombreuses fresques colorées qui décorent le grand hall. Certaines d'entre elles dépeignent des pêcheurs au filet sur le bord du lac.

Un message vient briser le silence du petit jour pour annoncer le quai de départ de son train. L'écrivain aperçoit au loin une locomotive libérer de la fumée en faisant chauffer son moteur.

Il se dirige vers son compartiment après avoir acheté la *Feuille d'avis de Neuchâtel*. Il se réjouit à l'idée de parcourir ce journal qui, sur une page, mêle joyeusement informations locales et internationales, économiques et financières, sportives et culturelles.

Son voyage se déroule sereinement. Il s'adonne à la rêverie et à l'écriture. Il aime observer le lent défilement des paysages.

Seule une femme d'une cinquantaine d'années le reconnaît. Son regard s'attarde sur lui. Troublée, elle souhaite le congratuler pour le Prix Nobel et son attitude face au nationalisme allemand. Elle est professeur de latin à l'École française de Bâle. Ils discutent du procès de Nuremberg qui vient de se terminer. Hermann Hesse se félicite tout particulièrement de l'exécution, le 16 octobre dernier, d'Alfred Rosenberg, qui chercha pendant la guerre par tous les moyens à le réduire au silence.

La gare de Bâle se rapproche. Le train commence à ralentir. Il roule au pas sur les derniers kilomètres.

Avant de se rendre à la galerie où sont exposées les toiles de Bruno, le vieil écrivain a prévu de se promener dans la ville avec son fils sur les traces de son passé.

Ce déplacement à Bâle est pour Hermann Hesse une sorte de pèlerinage empreint de beaucoup de nostalgie. Son père y a emmené en 1881 toute sa famille, lorsque Hermann avait à peine quelques années, pour assurer la rédaction du journal de la mission bâloise pendant cinq ans. Cette ville l'a marqué au point de vouloir y revenir après son apprentissage, ce qu'il fit en 1899, à l'âge de vingt-deux ans, pour travailler dans une librairie.

Il songe aux mots de Virgile : « … le temps irréparable s'enfuit… »

Il a hâte de se rendre à la librairie Helbing & Lichtenhahn pour leur dire ce qu'il a sur le cœur.

Hesse a donné rendez-vous à son fils devant la façade extérieure du bâtiment voyageur, sous le drapeau suisse de la verrière située entre ses deux horloges.

– Bonjour, père, as-tu fait bon voyage ?

– Oui, cher fils, ravi de te revoir, répond Hermann. Tu as le bonjour de ton frère Martin, que j'ai vu à Berne le mois dernier.

– Je suis prêt à te suivre dans la ville, précise Bruno d'un air enjoué.

– Allons-y, enchaîne Hesse, enthousiaste. Cela nous réchauffera. J'aperçois les deux flèches de la vieille cathédrale. Nous ferons une première halte sur la terrasse du Pfalz.

Les deux hommes se faufilent entre les nombreux tramways présents devant la gare. Une immense toile d'araignée de fils électriques coiffe leur tête.

Bruno Hesse, âgé d'une quarantaine d'années, ressemble à son père. Seule une calvitie débutée de jeune âge, qu'il cache habituellement d'une casquette, le différencie de celui-ci.

À une centaine de mètres de là, ils longent le monument de Strasbourg, érigé dans un petit parc. Hesse ne peut s'empêcher d'indiquer à son fils qu'il a étudié les circonstances historiques que commémore ce monument lorsqu'il était jeune apprenti libraire dans la ville.

– La statue fut modélisée par Auguste Bartholdi en mémoire de l'aide que la population de Strasbourg a reçue de la Suisse pendant la guerre de 1870. Des milliers d'obus se sont abattus sur cette ville. Une délégation neutre suisse, comptant un homme politique bâlois, entra dans son enceinte sous la pression de la Croix-Rouge et négocia avec l'état-major allemand l'évacuation de plusieurs centaines d'enfants, femmes et vieillards.

– Tu es un excellent guide, père, commente Bruno avec une pointe de moquerie.

– Et ce n'est pas fini, crois-moi, ajoute Hermann.

Au bout d'un quart d'heure, ils arrivent dans la vieille ville. La petite terrasse pavée du Pfalz est en vue.

– Nous y voilà. J'aimais y venir avec ta mère, surtout au printemps et en été lorsque les marronniers nous faisaient de l'ombre. Nous passions là de longs moments à discuter sur les bancs de pierre.

– Certes, mais au mois de novembre les branches sont plutôt dénudées. Nous ne serons pas dérangés par les touristes. Seul un chien errant se désaltère à la fontaine, plaisante Bruno.

– Tu as raison, sourit Hesse, mais la vue est toujours aussi splendide.

Père et fils s'assoient sur le muret pour admirer le magnifique panorama sur le coude du Rhin, les ponts et le Petit-Bâle en face.

Ils se taisent un moment.

Sur la droite, une péniche s'apprête à passer tranquillement sous le pont Wettstein.

Vers la gauche, Hesse montre un bâtiment à son fils.

– Durant l'hiver 1924, lorsque je suis revenu ici, je me suis d'abord installé à l'Hôtel Krafft que tu peux apercevoir sur l'autre rive. J'aimais son élégance et son emplacement. J'ai ensuite emménagé dans le quartier St. Johann. Nous y passerons tout à l'heure.

Hesse savoure d'avoir écrit là son roman certainement le plus célèbre, *Le loup des steppes*, publié en 1927.

Le vieil homme en profite pour plonger sa main dans l'une de ses poches et en ressort une pipe en bruyère. Le tabac est au sec dans une petite boîte en fer. Les premières bouffées sont magiques. Il rejette sa tête en arrière pour souffler la fumée.

Les deux hommes se remettent ensuite en route en direction de la superbe place du marché avec son imposant Hôtel de Ville, toujours aussi animée, puis de l'élégante université dont les fenêtres plongent dans le Rhin.

Hesse aime ressentir dans ses ruelles adjacentes le souvenir de Nietzsche, qui y a occupé, à l'âge de vingt-quatre ans, une chaire de philologie classique.

Durant le trajet, Hesse évoque son enfance.

Ils s'arrêtent devant l'impressionnant bâtiment de la mission bâloise, fondée en 1815, qui ressemble à celui de l'université avec ses façades blanchâtres.

Hesse éprouve beaucoup de plaisir à montrer ce lieu à son fils et à lui parler de son grand-père Johannes. Bruno Hesse ne l'a presque pas connu, car il est décédé en 1916 alors que son petit-fils n'avait que onze ans. Un homme guidé durant toute sa vie par la discipline et la foi.

Puis ils passent devant l'appartement mansardé qu'Hermann a occupé au cœur du quartier St. Johann.

– Tu penses qu'il y figurera un jour une plaque en souvenir de ton passage ? plaisante Bruno.

Hesse éclate de rire.

Deux heures passent. Ils flânent ainsi au gré des rues et des fantômes du passé... Érasme de Rotterdam, Hans Holbein, Albrecht Dürer, Joseph Burkhardt, Maître Eckart (et son fameux *Gelassenheit*)...

Vers midi, Hesse propose à son fils de l'inviter au restaurant Schützenhaus, où il aimait se rendre jadis.

Il apprécie cette grande bâtisse, à l'aspect de caserne bavaroise, dont les origines remontent à 1845. À l'intérieur, les salles à manger décorées de bois sculpté et ornées de trophées de chasse sont spacieuses et chaleureuses. Ils y dégustent une spécialité de la maison, accompagnée d'un pinot noir de l'Alsace voisine.

Hesse en profite pour faire lire à Bruno la lettre qu'il a reçue de la fameuse librairie. Ce dernier ne fait pas de commentaires. Mieux vaut ne pas insister, se dit le père…

Hesse est très heureux de prendre le temps de discuter avec son fils aîné. Ils ne se voient pas souvent.

L'écrivain convient lui-même n'avoir pas été un très bon père, mais aime profondément ses trois garçons. Ces derniers ont eu des rapports un peu particuliers avec lui. Ils furent souvent confiés à des amis durant leur adolescence et ne voyaient leurs parents que certains week-ends ou lors des vacances.

Hesse n'a jamais été doué pour vivre avec les autres, même avec ses plus proches. Ses trois enfants ont compris, avec l'âge, qui est vraiment leur père et ne lui en veulent pas. Ils savent qu'il s'est donné corps et âme à son œuvre. Ils ont intégré, par ailleurs, que les mouvements d'humeur qui le font souffrir régulièrement, les successions de périodes exaltées et dépressives, sont en fait une vraie maladie, ce que la plupart des gens ne comprennent pas.

Hermann, de son côté, est fier de l'activité de peintre de son fils, qui en a fait son métier, car il a le sentiment de partager avec lui une même sensibilité artistique.

– As-tu toujours un carnet en poche, mon cher Bruno ?

– Oui, père, depuis que tu me l'as conseillé lorsque j'étais adolescent.

Hesse est heureux d'y apercevoir des esquisses de paysages, des portraits, des citations, des entames de poèmes...

Après le repas, les deux hommes se rendent à la galerie qui expose des toiles de Bruno, située dans une ancienne chapelle.

En arrivant sur place, son responsable vient saluer Hermann Hesse et le féliciter pour l'obtention du Prix Nobel. Il est honoré de le voir ici aux côtés de son fils.

Bruno commente ensuite à son père chacune de ses toiles accrochées sur les murs voûtés en pierre. Celles-ci représentent des paysages colorés suisses, peints en toutes saisons. Peintre amateur lui-même, Hesse apprécie le coup de pinceau de son fils. Leurs tableaux se ressemblent étonnamment.

Ils passent une agréable après-midi ensemble. Le fils renseigne quelques personnes intéressées, sous l'œil attendri du père.

Entre deux visiteurs, Bruno donne à Hermann des nouvelles de sa femme et ses deux enfants, ainsi que de sa mère, « Mia » comme il la surnomme, qui malheureusement est régulièrement internée dans des sanatoriums.

Et lui parle également de son prix :

– Je suis fier de toi et de ce que tu nous as transmis, même avec ton sacré caractère. Tu as écrit tellement de belles choses, qui j'en suis sûr toucheront encore longtemps des lecteurs.

– Ah ! toujours cette question d'immortalité, soupire Hermann. Tu auras la chance de pouvoir vérifier si ma postérité se prolonge au moins sur une ou deux générations. Ce serait déjà ça. Je garde en mémoire les mots du grand Victor Hugo : « Comme c'est vite fait, l'oubli. »

Bruno sourit. Les deux hommes savourent chaque instant de leur complicité retrouvée.

En fin d'après-midi, Hesse commence à s'impatienter. Il tient absolument à se rendre à la librairie Helbing & Lichtenhahn.

Hermann et Bruno quittent l'exposition et se mettent en marche dans les rues piétonnières. Ils arrivent rapidement sur place.

Hesse refuse dans un premier temps d'y entrer et préfère envoyer son fils à sa place. Il demeure sur le trottoir, marchant de long en large et fumant cigarette sur cigarette.

Bruno ressort au bout d'une dizaine de minutes.

– J'ai discuté avec la jeune libraire. Le propriétaire est absent aujourd'hui. Je lui ai parlé de la lettre. Elle est au courant.

Hermann décide d'entrer à son tour.

– Bonjour, monsieur Hesse, je suis heureuse de vous rencontrer, bredouille la jeune libraire, impressionnée.

– Bonjour, mademoiselle, réplique Hesse, passablement énervé. Si je comprends bien, c'est votre patron qui a écrit cette lettre et il n'est pas là ?

– Oui, effectivement. La librairie se transforme progressivement en maison d'édition, et chaque mercredi il lit chez lui des manuscrits qui lui ont été envoyés.

– Et savez-vous pourquoi il me déteste à ce point, ainsi que mon œuvre ?

Sa main qui tient la cigarette tremble.

– Je l'ai entendu dire que vous n'aviez pas donné suite à ses nombreuses invitations à venir dédicacer vos livres ici, répond-elle. Cela aurait été bénéfique pour nous, en mettant en avant le fait que vous y avez travaillé dans votre jeunesse et même publié des poèmes. Mais vous avez apparemment à chaque fois refusé, prétextant une raison liée à votre éloignement ou à votre santé. Je pense qu'il vous en tient rigueur.

Déstabilisé, Hesse n'a pas souvenir de ces faits.

Après quelques instants de réflexion, il se calme. La pauvre diable n'y est pour rien.

– Je comprends, mais ce n'est pas une raison pour m'insulter de la sorte et envisager de retirer mes livres des rayonnages.

En sortant de la librairie, il indique à la jeune femme qu'il enverra une lettre en réponse à son patron et demande de bien lui transmettre l'information.

– Ce sera fait, vous pouvez en être certain, monsieur Hesse, répond-elle, visiblement soulagée du départ de l'écrivain.

Père et fils se rendent ensuite à la gare.

Avant le départ, Hermann ne peut s'empêcher de poser la fatidique question de son déplacement en Suède ; toujours cette histoire de Stockholm !

Bruno répond évasivement en soulignant que les honneurs ne s'imposent pas nécessairement aux artistes un peu bohèmes comme eux...

– Merci, mon fils, prends soin de toi.

Puis Hesse monte dans le dernier train pour Neuchâtel.

Confortablement assis dans son wagon, il se demande s'il ne va pas écrire une courte nouvelle sur ce voyage dans la cité rhénane, un peu comme il l'a fait vingt ans auparavant avec *Le voyage à Nuremberg*.

Mais il n'a, pour l'instant, pas la force d'entamer un nouveau manuscrit. Et il lui faut écrire cette lettre au propriétaire de la librairie bâloise.

Il est vingt-trois heures passées lorsqu'il rentre au centre de Préfargier.

La lune claire guide ses pas jusqu'à sa villa.

Préfargier, jeudi 21 novembre 1946

Hesse sent de la fébrilité dans l'air en allant prendre son petit déjeuner.

Otto Riggenbach vient à sa rencontre.

– Bonjour, Hermann, nous avons appris qu'un avion de transport DC-53 Dakota de l'armée américaine, effectuant une liaison entre Vienne et Pise, avait dû entreprendre avant-hier un atterrissage d'urgence sur le glacier du Gauli, dans les Alpes bernoises. Le brouillard y est souvent dense en hiver, et les crevasses sont nombreuses. L'atterrissage se serait effectué à grande vitesse sur la neige fraîche qui aurait immobilisé l'avion sur le ventre. Une manœuvre digne d'un sacré pilote, non ?

– Oui, c'est impressionnant, répond Hermann. Y a-t-il eu des morts ?

– Il n'y aurait apparemment que des blessés et quelques passagers indemnes.

– Je connais cet endroit, souligne Hesse. J'y ai fait quelques randonnées à l'époque où j'habitais Berne, à partir du refuge du Gauli, et atteint les sommets aux alentours de Mittelhorn et Schreckhorn. Mais, au printemps, ce n'était pas la même chose.

– Je te tiendrai au courant dans la journée si je reçois des informations complémentaires. La nouvelle se répand comme une traînée de poudre.

Plus tard, il apprend qu'un Lancaster britannique de la RAF aurait distingué l'appareil dans une trouée de la couche nuageuse et qu'une opération de secours d'envergure va être lancée par des militaires américains et des secouristes suisses.

Il comprend également que de nombreux journalistes étrangers commencent à arriver à Meiringen, non loin de l'accident.

Égoïstement, Hesse est quelque part heureux de cette nouvelle. Elle détourne l'attention de lui. Il n'est plus la seule source d'actualité locale.

Il peut retourner tranquillement dans sa villa se préparer à descendre au lac.

Pour une fois, il s'habille un peu moins conventionnellement que d'habitude. Il trouve dans ses affaires une tenue plus appropriée : un pantalon en velours marron, maintenu par de fines bretelles noires, et un gilet bien chaud.

Il glisse dans sa poche *Gaspard Hauser ou la paresse du cœur*, de Jakob Wassermann, qu'il a entamé en arrivant au centre. Un livre poignant qu'il relit régulièrement et qui fut voué à l'oubli durant la période nazie.

En sortant du centre, il croise quelques membres du personnel qui fument ensemble au bas de l'escalier extérieur : des jardiniers, des aides-soignantes, des médecins...

– Bonjour, monsieur Hesse, toutes nos félicitations ! lui témoignent-ils tous en chœur.

– Merci à toutes et à tous.

– Avez-vous entendu parler de l'atterrissage de l'avion dans la montagne ?

– Oui, le directeur m'en a informé. J'attends avec impatience les journaux des prochains jours pour en savoir plus.

Il prend ensuite congé.

Vingt minutes plus tard, il retrouve le jeune pêcheur toujours au même endroit, campant sur une petite avancée de sable le long de la grève, entourée de fins roseaux.

Quelques barques sont amarrées non loin, immobiles.

– Bonjour, monsieur, votre canne est prête.

– Parfait, jeune homme, je vais pouvoir lancer le bouchon.

Hesse savoure ce moment.

Tout est calme. Un vent léger souffle par intermittence depuis le lac.

Soudain, Hesse sent sa ligne se tendre. Il ressent pour la première fois ce moment d'excitation particulier que connaissent tous les amoureux de pêche.

Le jeune homme le guide dans ses gestes, lui recommandant de fatiguer un peu le poisson avant de le ramener doucement vers la rive.

– Ce n'est pas un omble chevalier, sinon il tirerait plus fort, précise-t-il.

– Cette incertitude me plaît, souligne Hermann.

Il s'agit d'une grosse brème, mais l'écrivain a tout de même un peu de mal à la hisser hors de l'eau. Il met un pied dans le lac, ce qui fait rire les deux acolytes.

Un peu plus tard, la prise de poissons se faisant un peu plus rare, le jeune pêcheur se tourne vers son voisin :

– Vous êtes Hermann Hesse et venez de recevoir le Prix Nobel de littérature, c'est bien ça ? J'ai vu votre photo dans plusieurs journaux. Mon père adore la presse, il passe au moins une heure par jour à la parcourir.

– Oui, c'est moi.

– C'est bien ce qu'il me semblait. Je vous ai reconnu à vos fines lunettes rondes. J'en ai parlé à mon père, qui a beaucoup d'admiration pour vous.

Hesse évoque à son tour celui-ci :

– Depuis que tu m'en as parlé mardi, je me suis renseigné sur lui auprès de quelques journalistes locaux, qui semblent bien le connaître. J'ai compris qu'on lui avait reproché, dans certains journaux français, comme *Je suis partout*, ses fréquentations avec les gaullistes, la Résistance et les anglophiles.

– Il vous ressemble un peu. Je suis certain que vous vous entendriez très bien.

– Organisons une rencontre lorsque je reviendrai à Neuchâtel. Qu'en penses-tu ?

– Très bonne idée. Il sera, j'en suis sûr, très heureux de vous rencontrer. Et papa vous présentera ma mère. Elle s'appelle Jacqueline. Savez-vous qui était leur témoin de mariage ? questionne-t-il.

– Aucune idée, s'interroge Hesse, un peu surpris par la question.

– François Mauriac.

Hesse n'ose pas trop commenter, ne connaissant pas suffisamment l'écrivain français.

Il est surtout étonné par la culture générale de son jeune ami et donc tout naturellement incité à lui présenter d'autres de ses livres qui pourraient lui être utiles dans son parcours initiatique.

– Je t'ai parlé la fois dernière de *Demian*. Je pense cette fois-ci à *Narcisse et Goldmund*. C'est l'histoire de deux amis qui cherchent leur voie, l'un par la pensée et la prière, l'autre par l'expérience et l'action, deux vies opposées, mais dont le caractère complémentaire se révèle à la fin de leur existence.

– On a envie d'en savoir plus, répond le jeune pêcheur.

– Malheureusement, il me semble que ce livre est encore en cours de traduction en français. Je t'enverrai à la place un exemplaire traduit de *Demian*, avec une belle dédicace.

Le temps s'écoule à discuter de livres.

Avant qu'ils se quittent, le jeune homme pose une dernière question au vieil écrivain :

– Mon père m'a dit que la cérémonie du Nobel avait lieu en décembre en Suède. Allez-vous y aller ?

– C'est une bonne question, c'est mon interrogation du moment. Que ferais-tu à ma place ?

– Oh ! moi, vous savez, après ce que nous avons vécu avec mes parents, je me méfie un peu de ce type de cérémonies. J'ai vu mon père souffrir de ne pouvoir assister à certains événements, malgré ses demandes instantes. J'ai l'impression que tout cela sonne parfois un peu faux !

– Tu as probablement raison. Le prix m'a été attribué. N'est-ce pas le principal ? À quoi bon aller parader sur scène devant tous ces officiels ?

De retour du lac, Hesse aperçoit quelques patients qui reviennent d'ateliers situés à l'écart du centre de soins.

Il les rejoint et les questionne sur leurs activités.

– Nous y allons tous les jours, lui répondent-ils. Chacun choisit ce qu'il a envie de faire : poterie, dessin, musique, peinture...

– La peinture m'intéresse. J'y passerai après le déjeuner.

Durant le repas, Hesse se remémore les mots du jeune pêcheur au moment de le quitter, qui l'ont touché. Ils nourrissent sa réflexion sur son déplacement en Suède.

En début d'après-midi, il se dirige vers le fond du parc, au milieu des arbres dénudés, avec un carnet de dessin qu'il a apporté dans ses bagages pour immortaliser l'architecture de ce lieu d'exception.

Tout le monde peut aller et venir librement dans cette maison de soins. Il n'y a pas de barreaux aux fenêtres, pas de verrous aux portes, et les grilles sont ouvertes.

Il emporte son petit siège pliable en bois et une toile qui l'accompagne lors de ses déplacements. Il peut alors se poser tranquillement, son chapeau sur la tête et son crayon à la main.

Les basses collines aux alentours scintillent entre deux nuages sombres.

Une fois plusieurs croquis exécutés, il arpente les longues allées du parc puis se rend dans la fameuse annexe, construite tout en longueur en briques rouges, entourée de verdure et composée de trois salles en enfilade et de combles aménagés.

En entrant, il est surpris par le nombre de dessins et de peintures affichés dans la pièce.

Hesse s'assoit à une grande table où quatre patients sont déjà en train de crayonner, sous la supervision d'une jeune femme chargée de les conseiller, étudiante à l'École cantonale d'art de Lausanne.

Elle découvre ses croquis à l'aquarelle.

– Vous dessinez remarquablement bien.

Hesse rougit et répond timidement :

– J'ai peu de mérite, car je peins presque tous les jours. C'est d'ailleurs mon premier psychothérapeute qui m'a conseillé cette activité, il y a très longtemps. Dans les périodes les plus sombres de mon existence, la peinture m'a consolé et sauvé.

Il finalise ses croquis de paysages et passe un excellent moment dans cet atelier.

Les patients mettent un instant leurs maux entre parenthèses, pour se concentrer sur leurs créations.

Hesse se rend en fin d'après-midi dans le grand bureau d'Otto Riggenbach situé au troisième étage de la maison de soins, pour lui offrir un de ses dessins, représentant le centre Préfargier. Ce dernier en est très touché.

La vue sur le parc, de là-haut, impressionne. Des piles de livres de psychiatrie et de médecine, dans différentes langues, remplissent l'espace. Ils témoignent de la curiosité de ce talentueux médecin.

Quand Hesse l'a rencontré pour la première fois, il a été frappé par son extraordinaire empathie et sa grande humilité. Ce dernier se compare souvent à un modeste chimiste essayant de trouver la bonne formule pour soulager ses patients.

Par politesse, il descend systématiquement au rez-de-chaussée accueillir ses patients, en blouse blanche, puis prend les escaliers avec eux. L'accompagner au troisième étage en consultation privée équivaut à une certaine forme de transcendance.

Les deux amis se taquinent un peu :

– J'hésite à le garder dans mon bureau ou à l'afficher dans la salle de billard. C'est tout de même une œuvre d'un Prix Nobel de littérature !

– Je te laisse libre de ton choix, Otto, mais je crains que la cote de mon esquisse ne soit pas à la hauteur de tes espérances.

Ils dînent ensuite ensemble et continuent à parler de peinture. Hermann rappelle à Otto quel est le thème principal de deux de ses livres : *Rosshalde*, qui décrit les joies et les tourments d'un artiste, et *Le dernier été de Klingsor*, qui met en scène un peintre consumant sa vie en excès.

En fin de repas, Hesse se montre enthousiaste.

– J'ai reçu ce matin un appel de Carl Seelig, m'informant qu'il arrivait demain à Herisau passer quelques jours avec Robert Walser. J'en suis très heureux, car c'est pour moi une occasion unique de revoir ces deux écrivains que j'affectionne tout particulièrement.

Otto est ravi pour son ami.

Les deux hommes se saluent.

Le silence ferme la nuit.

Herisau, canton d'Appenzell, vendredi 22 novembre 1946

Les journaux commencent à parler de l'accident de l'avion en montagne. Les détails sont un peu plus précis et rassurants. Il est question d'un contact radio avec les rescapés et de vols de reconnaissance pour localiser le DC-53. Hesse les parcourt avec curiosité.

– Alors, Hermann, tu ne fais plus la une ? clame avec amusement son ami le directeur, du fond de la salle de petit déjeuner.

– Non, et je m'en réjouis ! Cela me stimule, surtout après le cauchemar qui m'a habité toute la nuit. J'avais du mal à marcher, coincé dans un costume noir trop ajusté et des chaussures vernies trop étroites. J'étais entouré d'hommes en haut-de-forme qui se moquaient de moi.

– Un thème d'analyse pas très compliqué, plaisante Otto en s'éloignant.

En passant devant la réception, Hesse apprend qu'André Gide cherche à le joindre au téléphone. Il se hâte vers le combiné et converse avec lui un bref instant.

Les deux écrivains se vouent une admiration mutuelle sans bornes. Parmi tous les livres de Hermann Hesse, Gide a une prédilection pour *Le voyage en Orient*, qu'il a commencé à traduire.

L'écrivain français, qui l'a déjà félicité quelques jours plus tôt, n'a cette fois-ci qu'une question simple à lui poser :

– Cher Hermann, accepteriez-vous que je rédige la préface de la version française de votre livre ?

– Bien sûr, mon cher ami, j'en serais flatté. Vous êtes pour la littérature germanique l'interprète le plus écouté de France ; et, vous le savez, mon écrivain français préféré de notre génération.

Hesse craint de rater son train pour Herisau.

Il abrège la conversation et saute dans la navette qui l'attend.

Vingt minutes après, la gare est en vue.

À peine a-t-il posé le pied dans le wagon que le sifflement du chef de quai se fait entendre.

Hesse se laisse tomber sur la banquette.

Il se rend compte qu'il n'a pas eu le temps de prendre un en-cas pour le déjeuner. Il va donc jeûner, mais cela n'effraye pas l'ascète qu'il est.

Il a en revanche pensé à emporter avec lui le seul livre de Robert Walser trouvé dans les rayonnages de la petite bibliothèque de Préfargier : *Vie de poète*.

C'est l'ouvrage idéal pour redécouvrir l'univers de Walser avant de le revoir. Hesse place ce livre au même niveau que les *Scènes de la vie d'un propre à rien*, d'Eichendorff.

Il passe une grande partie de son temps à parcourir les vingt-cinq courtes proses avec délice. Il est question de marche à pied, de forêts, de chemins, de villages…

Il souligne l'extrait suivant :

L'humble et modeste petit village était toujours suprêmement charmant.

Pas à pas, l'hiver venait.

De temps à autre, il s'assoupit au gré du doux bercement du train.

Son trajet est direct jusqu'à Saint-Gall. Puis il doit simplement attraper une courte correspondance pour rejoindre Herisau.

Ils sont convenus, avec Carl Seelig, de se retrouver au café de la gare. Cela fait maintenant trente ans que lui et Carl sont amis, depuis que ce dernier a commencé à lui écrire lorsqu'il était étudiant. Hesse a ouvert de nombreuses portes à ce féru de littérature, notamment dans le domaine de l'édition.

Hesse sait que Seelig a rencontré Robert Walser en 1936 et qu'il vient le chercher régulièrement à Herisau pour l'accompagner dans ses promenades.

De nombreux écrivains, dont fait partie Hermann Hesse, admirent ce poète, et non des moindres : Robert Musil, Franz Kafka, Walter Benjamin, Stefan Zweig…

Hesse retrouve Seelig comme prévu. Ce dernier a une cinquantaine d'années et l'air très sérieux.

Après un café, les deux hommes se dirigent vers le centre de psychiatrie, un peu à l'écart de la ville, où a été transféré Robert Walser en 1933.

La campagne alentour est légèrement enneigée.

– Rien de plus helvétique que cette douce vallée d'Herisau, constate Hesse.

En route, ils parlent du génial poète.

– Depuis qu'il est ici, il a cessé toute activité littéraire et est devenu de plus en plus mutique, lui indique Carl Seelig. Il continue à souffrir d'hallucinations auditives, notamment des voix auxquelles il répond. Cela le rend de plus en plus original et asocial.

– Mais il a fait de la promenade un art de vivre, répond Hesse, ce qui n'est pas sans me ravir.

En arrivant à la porte principale du centre, ils se font annoncer au Dr Otto Hinrichsen afin d'obtenir l'autorisation de se promener tous les deux avec le poète.

– Bonjour, docteur, annonce Carl Seelig, je vous présente Hermann Hesse. Comme je vous l'ai indiqué, nous souhaiterions faire quelques pas en compagnie de Robert Walser.

– Bonjour à tous les deux, et très honoré de vous accueillir, monsieur Hesse. La nouvelle de votre prix est parvenue jusqu'à notre modeste canton d'Appenzell.

– Merci, cher docteur, répond Hesse. Permettez-moi de vous transmettre les meilleures salutations de mon ami le Dr Otto Riggenbach, qui m'a dit avoir lu avec admiration votre traité sur la psychose de la guerre.

– De saines lectures entre confrères ! Vous le remercierez de ma part. Quant à M. Walser, vous pouvez vous promener avec lui quand vous voulez et aussi souvent que bon vous semble. Vous savez l'importance que représentent les promenades dans sa vie.

Peu de temps après, le poète apparaît au bras d'une infirmière. Il sort d'un pavillon tout proche.

Hesse le reconnaît immédiatement. Il a presque le même âge que lui, un visage toujours aussi enfantin, des joues un peu rouges, une moustache légèrement dorée et des yeux bleus très expressifs.

Il s'appuie sur un magnifique parapluie ancien.

Le poète reste muet le temps de la sortie du centre, puis son visage s'adoucit progressivement.

– Cher Hermann, Carl m'a annoncé hier votre venue et votre actualité, souligne-t-il, la voix légèrement tremblante. Je suis profondément honoré qu'un Prix Nobel de littérature vienne rendre visite au vagabond vagabondant que je suis !

Les trois hommes rient en chœur.

Ils prennent d'un bon pas la route escarpée et caillouteuse de la ruine de Rosenburg, située à environ deux kilomètres à l'ouest d'Herisau, que Wasler veut faire découvrir à Hesse.

Ils sentent progressivement le vent d'hiver se lever.

Au sommet de la colline, la nature change de visage. Tout semble s'effacer dans le silence et la neige. Seul un oiseau crie soudainement.

Infatigable marcheur, Walser ouvre le chemin, le dos légèrement voûté.

Il aime voyager à pied, flâner, s'enrichir d'impressions et de sensations.

Il lui est parfois arrivé de marcher jusqu'à quatre-vingts kilomètres par jour.

– Si le Seigneur m'entend, leur dit-il, j'aimerais un jour mourir en marchant, sous une lune froide, la neige tombant délicatement sur mon corps.

Des paroles que le vent emporte...

Ils se dirigent ensuite vers Gossau, une aimable bourgade qu'apprécie Walser.

Sur la route, un vieux berger leur adresse un salut amical.

Les trois compères s'installent dans une auberge pour s'y réchauffer et se partager quelques chopines de bière. Ils restent attablés une bonne heure à plaisanter et à discuter littérature : au menu, von Kleist, Ramuz, Schiller...

Seul compte l'instant présent.

Hesse en profite pour demander à Walser de lui dédicacer son livre, *Vie de poète*.

Ce dernier caresse sa moustache et ne rédige qu'une seule phrase. Son écriture est si minuscule qu'elle est quasi illisible. Hesse la déchiffre lentement : « C'est plus beau d'essayer de monter que d'être en haut. »

Il est temps de retourner à la gare d'Herisau par un joli sentier de traverse. Le train de retour de Hesse est prévu à dix-huit heures.

Chemin faisant, Robert Walser se met à parler un peu plus intimement. Hesse en profite pour lui demander pourquoi il a cessé d'écrire en 1933, du jour au lendemain.

Après une hésitation, il répond sur un ton mélancolique :

– C'est une question très personnelle liée à mon internement de force dans cette clinique d'Herisau. Et puis à quoi bon se la poser, puisque mon monde a été détruit ensuite par le nazisme ?

– Quel dommage, vous avez tant de génie.

– Peut-être, mais en attendant je suis devenu presque un fossile !

Ces paroles résonnent chez Hesse. Ce grand écrivain et poète ne sera jamais honoré de son vivant, et il ne le recherche pas, bien au contraire.

À une demi-lieue vers le sud, une ancienne église apparaît sur leur chemin, isolée au milieu des champs. Ils décident d'en faire le tour. Son clocher est typique de la région, en forme de bulbe argenté. Malheureusement la porte est fermée à clé. Ils se taisent un instant, hypnotisés par la beauté du lieu. Puis Walser confesse à ses amis qu'il passe très souvent devant cet édifice religieux et qu'il entend parfois le souffle de la cloche...

Carl Seelig et Robert Walser accompagnent ensuite Hermann Hesse devant le compartiment de son train.

Ce dernier est très ému. Il ne sait pas s'il aura l'occasion de revoir Robert. Ils doivent se quitter pourtant.

En montant dans le train, Hesse ressent quelque part l'âme de Walser l'accompagner.

Le compartiment de première classe est vide. Cela le ravit. Il va pouvoir en profiter pour rédiger au calme la réponse au libraire de Bâle.

Hesse se sent inspiré. C'est aux heures tardives du jour qu'il travaille le mieux.

Il prend conscience qu'il a été choqué par la menace de retrait de la boutique de l'ensemble de ses manuscrits. S'attaquer aux livres lui fait repenser inconsciemment, même si le contexte était tout autre, aux heures sombres des autodafés et mises à l'index et aux mots de Heinrich Heine : « Là où l'on brûle des livres, là on finit par brûler les hommes. »

Il comprend que c'est cette menace qui a provoqué sa colère mardi soir à Préfargier et mercredi après-midi à Bâle ; pas la critique, il y est habitué depuis longtemps.

En l'occurrence, celle-ci est particulièrement acerbe, mais aussi très juste sur plusieurs points. Il connaît ses défauts et ses zones d'ombre. Il sait depuis longtemps qu'il est nécessaire de les accepter afin d'éclairer « le côté nocturne de l'âme », selon les mots de son ami Thomas Mann. Il a conscience de se réfugier derrière sa correspondance par peur des autres et du conflit. Il met aussi trop systématiquement en avant sa timidité ou sa santé comme prétextes à ses fuites.

Peut-être n'a-t-il pas fait assez d'efforts ? Il sait pourtant bien qu'il faut donner pour recevoir et se remémore les mots de Goethe qu'il admire tant : « Veux-tu vivre heureux ? Voyage avec deux sacs, l'un pour donner, l'autre pour recevoir. »

Hesse repense également à la question du journaliste allemand lors de la conférence de presse à propos de son idéal. Il a parlé de chemin vers soi-même, mais celui-ci se parcourt aussi avec l'aide des autres...

Sa rencontre avec Robert Walser l'a mis de bonne humeur.

Il corrige son brouillon pour y apporter un peu de nuance... Il laisse ouverte la possibilité d'une venue prochaine à Bâle pour rencontrer les lecteurs de la librairie. Il a compris le message.

Vers vingt et une heures trente, il est de retour à Préfargier.

Seul dans sa chambre silencieuse, il ressent un froid vif sous ses pieds.

Il décide d'allumer le petit poêle à bois qui lui a bien servi jusqu'ici.

Puis il ouvre une bouteille de schnaps, achetée à Bâle.

À la lueur des premières braises, son menton tremble. Quelques larmes apparaissent après ces moments intenses.

Hesse connaît bien sa sensibilité à fleur de peau et se sait vulnérable. Il songe à sa mère Marie. Il n'était pas présent à son enterrement par crainte d'affronter ce moment de trop grande émotion. L'image de celle-ci ne cesse de le suivre.

Il s'enivre paisiblement.
La nuit s'annonce sans fin.

Neuchâtel, samedi 23 novembre 1946

Dernière journée à Préfargier !

Le jour croît lentement.

Hesse arrive au bord du lac, pensant être le premier sur les lieux.

Mais il a la surprise de trouver un homme en compagnie du jeune pêcheur, accompagné d'un magnifique bouvier bernois.

En approchant, il constate que l'individu se lève et se dirige vers lui, un livre à la main :

– Bonjour, monsieur Hesse, nous venons également d'arriver. Je suis le père de votre camarade de pêche et suis venu le déposer. Comme nous sommes samedi, j'avais un peu de temps libre. Je suis heureux de faire votre connaissance.

– Moi de même, cher monsieur, votre fils m'a beaucoup parlé de vous.

– De vous également ; sachez que j'ai beaucoup aimé vos livres : *Siddhartha*, la quête de sagesse d'un fils de brahmane, *Peter Camenzind*, l'histoire d'un jeune montagnard suisse qui, à la mort de sa mère, quitte son village natal pour aller étudier à l'université, ou encore *Knulp*, le parcours d'un sympathique vagabond itinérant.

Enthousiaste, il parle sans discontinuer.

– Merci, c'est trop d'honneur. Vous aurez compris que la plupart de mes œuvres sont des biographies de l'âme.

Puis l'homme tend le livre qu'il tient en main.

Il s'agit d'un exemplaire de l'ouvrage en deux tomes *Le jeu des perles de verre*, imprimé sur la sobre reliure jaunâtre de l'éditeur de Zurich.

– Je serais très honoré si vous acceptiez de me le dédicacer.

Après un court instant de réflexion, Hesse se met à griffonner quelques mots de sa petite écriture resserrée :

« À un honnête homme, un intellectuel solitaire et réfractaire qui me ressemble; cet ouvrage imaginant un monde intellectuel empreint d'humanisme, fruit de longues années de réflexions. »

Le vieil écrivain en profite pour interroger son interlocuteur sur ses activités professionnelles.

L'expression de ce dernier se fige.

– Les autorités universitaires françaises me refusent en ce moment un poste à la Sorbonne. Mais une fonction d'attaché culturel à l'ambassade de France à Berne a l'air de se profiler à la place.

– Je suis sûr que vous vous y plairez, précise Hesse. J'y ai moi-même habité à partir de la fin 1912. Pendant la guerre, je travaillais à l'ambassade d'Allemagne pour porter assistance aux prisonniers de guerre, en leur faisant parvenir notamment des livres. Une goutte d'eau, j'en conviens, mais en accord avec mes convictions. Dans tous les cas, j'espère que tout s'arrangera bientôt pour vous.

Les deux hommes se sentent rapidement en phase.

Ils poursuivent leur conversation sous un vieux saule protecteur.

Hermann Hesse prend ensuite le temps de remercier chaleureusement le jeune pêcheur pour ces moments uniques partagés en sa compagnie. Ils lui ont rappelé la merveilleuse relation qu'il entretenait dans son enfance avec son grand-père maternel, éditeur et missionnaire, Hermann Gundert. Ils se promettent de correspondre et de se revoir en famille prochainement.

À mi-chemin de Préfargier, Hesse s'arrête sur un talus à la lisière d'une forêt.

Il lève les yeux avec ravissement pour admirer une dernière fois le magnifique paysage et songe au «*Deus sive Natura*» de Spinoza.

Puis frappe tranquillement sa pipe contre une pierre pour la vider.

Il regrette de ne pas avoir emporté son attirail de peinture. Les vacanciers en ces lieux se réjouissent de distinguer dans le jeu des couleurs qui teintent les nuages un mauve ou un gris leur rappelant certains tableaux ou certaines tapisseries. Ils trouvent aussi que le gris-vert des sapins bordant la forêt se détache de façon merveilleuse sur le fond bleu tendre du ciel et entre en harmonie parfaite avec le brun humide des champs labourés.

Cela s'impose maintenant comme une évidence : il ne se rendra pas à la cérémonie officielle de remise de prix le 10 décembre.

À l'instar de Robert Walser, certains écrivains ressentent le besoin de se détourner des systèmes et des honneurs afin de continuer à regarder et dépeindre le monde tel qu'il est vraiment. Il se sent proche d'eux.

Il songe par ailleurs aux mots du jeune pêcheur et aux honneurs publics que mérite tout autant son père.

Il repense également à ses amis aujourd'hui disparus, Alfons Paquet, Hugo Ball, Franz Schall ou Stefan Zweig, en imaginant comment ils auraient perçu son dilemme.

Il a une pensée toute particulière pour son cher Romain Rolland, parti il y a peu, qui a obtenu cette distinction en 1915, dans un moment troublé un peu comparable. Il se remémore leurs longues années de militantisme pacifique.

Il pense enfin à son neveu, Carlo Isenberg, organiste et musicologue, tombé à la fin de la guerre sur le front russe.

Puis il se hâte de rejoindre la villa pour appeler Ninon et lui relater sa journée de la veille.

Il lui fait part également de sa décision :

– Tu sais que ma santé est fragile. Je leur dirai que mon corps est fatigué, surtout au sortir de ces années noires en Allemagne où mon œuvre a été anéantie, mais que mon esprit reste proche d'eux. Je leur exprimerai ma profonde gratitude, ce d'autant que j'y vois également un geste de conciliation et de bonne volonté en vue d'une restauration de la coopération intellectuelle entre les peuples. Et j'imagine qu'un représentant ministériel de la Suisse en Suède me suppléera dignement !

Ninon connaît bien son mari et sait qu'il ne faut pas insister. Elle le trouve parfois si follement entêté.

De son côté, elle l'informe qu'elle est passée plusieurs fois pendant la semaine à la poste de Montagnola.

– Giulio Petrini, le receveur, me dit qu'il arrive chaque jour plus de paquets, lettres et télégrammes pour toi que pour le reste du village et qu'il va devoir investir dans un chariot supplémentaire.

Hesse est à la fois amusé et effrayé par cette perspective.

Dans l'après-midi, il appelle Peter Suhrkamp en Allemagne et Thomas Mann aux États-Unis. Ces derniers ne sont pas d'accord avec sa position, mais la comprennent.

Quant à Otto Brasler et Max Wassmer, ils n'ont pas émis d'avis tranché, et Hesse décide de ne pas les déranger.

En rassemblant ses affaires, il trie les nombreuses lettres posées en vrac sur son bureau, celles auxquelles il a répondu et celles non encore traitées.

Le téléphone retentit soudainement.

C'est Otto !

– Mon cher Hermann, permets-moi de t'inviter, pour cette dernière soirée, à dîner au Beau-Rivage. Je te propose également d'y réserver une chambre. Cela facilitera ton départ demain.

Hesse est enchanté par cette perspective.

Il en profite pour se rendre au salon billard avant son départ.

Beaucoup de patients qui n'avaient pas osé lui parler durant son séjour le saluent et le félicitent. Certains ont même été interrogés par quelques journalistes et en sont très fiers. Une belle histoire à raconter à leurs proches.

Hesse n'oublie pas le personnel soignant et administratif. Il a conscience d'avoir été un peu privilégié durant ces deux semaines, lui le protégé du directeur. Mais il a le sentiment de n'en avoir pas abusé.

Hesse prend son temps. Ce n'est pas dans ses habitudes. Combien de fois est-il parti discrètement, sans bruit, ne supportant pas les gens inintéressants ? Combien de fois a-t-il été jugé impoli par certains, hautain par d'autres ?

Il rejoint ensuite l'élégant Beau-Rivage construit en 1862.

Otto l'accueille en levant haut son verre.

– Alors, mon cher Hermann, es-tu maintenant enfin sûr de toi?

Hesse marmonne à voix basse: « *Etiam si omnes, ego non...* », « même si tous, pas moi... »

– Oui, j'ai longuement réfléchi. J'ai d'ailleurs déposé tout à l'heure à la réception du centre mon télégramme pour la Suède ainsi que ma lettre pour Bâle.

Il ajoute d'un ton espiègle:

– Et comme demain dimanche je serai en voyage de retour vers le Tessin, je ne pourrai pas répondre aux éventuelles demandes, sollicitations ou pressions pour me faire changer d'avis.

Un serveur vient prendre leur commande.

Hermann sourit avec malice.

– Je vais choisir le filet d'omble chevalier aux cèpes!

Otto lui lance un clin d'œil complice.

La discussion dérive ensuite, comme souvent, sur Carl Gustav Jung. Hesse a eu la chance de l'avoir comme thérapeute quelques mois en 1921, à un moment de sa vie où sa souffrance morale était grande à la suite de la mort de son père Johannes, des crises de schizophrénie de sa première femme Maria et d'une grave maladie de son fils Martin. Mais ils se brouillèrent malheureusement en 1934, car Hesse a eu le tort de partager l'avis de Sigmund Freud à propos de sa théorie du processus de sublimation.

– As-tu encore de ses nouvelles ? interroge Otto.

– Très peu, répond Hermann. Nous ne correspondons plus que de façon occasionnelle. La dernière fois, notre échange porta sur notre goût commun pour l'orientalisme. Il reste malgré tout un homme exceptionnel, qui sonde l'âme humaine comme personne. Les archétypes qu'il a décrits ont toujours été pour moi une source d'inspiration.

– Il aurait été aperçu il y a quelques semaines, à la mi-septembre, à un banquet qui a suivi le discours que prononça le vieux lion britannique Winston Churchill à l'Université de Zurich, probablement accompagné de son fameux « *black dog* », précise son ami le directeur. Mais parlons un peu de toi maintenant, Hermann. Tu sais que nos paroles, même intimes, restent entre nous, liées par le secret médical et le secret amical.

Quelques verres de Burgermeisterli sont partagés sur la terrasse. Cette eau-de-vie locale aux herbes à la saveur anisée est la bienvenue. Elle réchauffe les corps en cette nuit froide et rapproche les âmes.

Les deux amis aperçoivent les lumières du bateau à vapeur avec roue à aubes qui termine sa dernière rotation sur la largeur du lac.

Au loin, l'hiver arrive au-delà des Alpes bernoises.

– Que c'est beau, le silence de la nuit, souligne Hesse. Je suis un vieil homme maintenant. Je vais retourner à ma vie quasi monacale de Montagnola, m'occuper de mes livres, de mon jardin et des peintures de paysages du Tessin. Une vie paisible que j'ai choisie il y a quelques années et qui me correspond, sur une frontière, loin des villes, et en hauteur... Je vois le monde qui repose en bas et je me dis que je peux bien m'en passer.

– Je te reconnais là, Hermann. Je ne suis pas surpris. Ton chemin n'a jamais été celui de l'obéissance et des honneurs. Je sais que tu n'es fait que d'intériorité et de quête de vérité.

Hesse se remémore :

– Enfant déjà, lorsque j'entendais l'expression « tu dois », je me bloquais immédiatement. Je me souviens que mes parents m'avaient envoyé à quinze ans dans une maison de santé à Stetten im Remstal et que j'avais écrit à mon père que je n'obéissais pas et n'obéirai pas. Ma vie a été difficile, mais non ma quête. J'ai aujourd'hui le sentiment de commencer à parler de si loin... J'espère maintenant que la terre du petit cimetière de Sant'Abbondio, où j'ai acquis un joli petit emplacement, m'hébergera amicalement pour l'éternité des immortels !

– Certes, cher ami, mais pas tout de suite, plaisante Otto. J'ai encore envie de te voir revenir parmi nous.

– Je n'y manquerai pas, mon très cher Otto. J'ai le sentiment ici que la maladie se repose un peu !

Les deux hommes rient une dernière fois ensemble, à demi transportés. Leur marche devient un peu serpentine...

Le mal, ce fameux *taedium vitae* dont il parle souvent, ronge Hesse depuis toujours. Il ne l'a jamais vraiment quitté. Mais, à cet instant précis, il se sent un peu en paix avec lui-même. Il en est presque surpris. Il est de ces petits moments de bonheur qui ne s'expriment pas.

Avec cette récompense, il a vraiment pris la mesure de l'impact de son œuvre à travers le monde.

Il aura partagé avec bonheur ses nombreux personnages, Demian, Peter Camenzind, Knulp, Goldmund, Harry Haller, Siddhartha... devenus des symboles et dépositaires de son expérience, de ses tourments, de ses pensées.

En attendant, il a hâte de retrouver son ermitage sur la colline, comme il aime à le dire, et de s'écarter des bruits du siècle.

Il a décidé de ne plus écrire que des nouvelles et des poèmes.

Le jeu des perles de verre est son ultime message.

Autre chose, plus loin, l'attend...

DANS LA MÊME COLLECTION

Mélanie Richoz, *Tourterelle*, 2012
Christian Vellas, *La corneille Bonaparte*, 2012
Mélanie Richoz, *Mue*, 2013
Mélanie Richoz, *Le bain et la douche froide* (nouvelles), 2014 (2e éd., 2018)
Christian Vellas, *Le roi de l'île Trouvée*, 2014
Mélanie Richoz, *Un garçon qui court*, 2016
Christian Vellas, *Qui a mangé mes enfants ?*, 2016
Mélanie Richoz, *Le bus*, 2018
Eugène, *Le mammouth et le virus*, 2020
Mélanie Richoz, *Contre-la-montre*, 2021
Mélanie Richoz, *Mouches*, 2022
Fanny Desarzens, *Galel*, 2022 ; Prix suisse de littérature 2023/Prix Terra Nova 2023 de la Fondation Schiller
Christian Vellas, *Au plus profond du moins profond* (nouvelles), 2022
Eugène, *Lettre à mon dictateur*, 2022 ; Prix suisse de littérature 2023/Prix du roman des Romands 2023/Prix des libraires Payot 2023 et de la Fondation Pierre et Nouky Bataillard, catégorie « roman suisse »
Joël Jenzer, *Le garçon qui ne prenait jamais de but*, 2022
Mélanie Richoz, *Nani*, 2023 ; Prix du public RTS 2023
Fanny Desarzens, *Chesa Seraina*, 2023 ; Prix Ève de l'Académie romande 2023
Serge Bimpage, *L'île pommelée de moutons blancs*, 2024
Sylvie Cohen, *En mal de mère*, 2024
Anne-Frédérique Rochat, *Le Trouble*, 2024

Fanny Desarzens, *Ce qu'il reste de tout ça*, 2024
Pauline Desnuelles, *Renarde*, 2025
Léna Furlan, *Le printemps peut-être*, 2025
Walter Rosseli, *Glace morte*, 2025

Collection dirigée par Delphine Cajeux

Cet ouvrage a été imprimé sur du papier certifié
FSC BioTop de Papyrus Suisse.

Achevé d'imprimer en 2025
sur les presses de l'imprimerie Slatkine
à Genève (Suisse).